海辺《うみべ》のほいくえん

JUNIOR POEM SERIES

尾崎《おざき》　杏子《きょうこ》 詩集

ひなた山　すじゅう郎 絵

もくじ

I 海辺《うみべ》のほいくえん

Ⅱ　星の命《いのち》

I

海辺《うみべ》のほいくえん

海辺《うみべ》のほいくえん

しおだまりは　海辺のほいくえん
ひいていくしおが
小さな魚のきょうだいを
しおだまりに　あずけていったよ
母さんのように
なんども
　なんどもふりむいてたよ

しおだまりは　海辺のほいくえん
みちてくるしおが
まってた魚のきょうだいを
しおだまりに　むかえにきたよ
母さんのように
やさしく
　そーっとだきよせてたよ

魚の街《まち》

珊瑚礁《さんごしょう》は
魚たちのくらす街
カラフル　フルフル
きれいな色のおしゃれな魚
小さな魚　大きな魚
こわい魚もいるけれど
それでもみんな
より集まってくらす街
魚たちのよりどころ

珊瑚礁は
魚たちのくらす街
あのてやこのてと
ふしぎな知恵《ちえ》で身を守る魚
つよい魚　かよわい魚
きけんはいっぱいあるけれど
それでもみんな
より集まってくらす街
魚たちのよりどころ

赤ちゃんが生まれた

やぎの赤ちゃん　生まれたよ
生まれてすぐに
力いっぱい　メーとないた

やぎの赤ちゃん　たっちしたよ
細いあんよで
立って　歩いて　オッパイのんだ

やぎの赤ちゃん　かわいそうね
生まれて一度《いちど》も
だっこやおんぶを　知らないで

赤ちゃん牛

みどりの草が
そよぐ　そよぐ　まきばで
しぼりたてのミルクを
コクン　コクン　のんでたら
赤ちゃん牛が　やってきて
「ぼくのおっぱい　なくならないかなー」
しんぱいそうに　「モー」

みどりの草が
におう　におう　まきばで
できたてのソフトクリーム
ペロン　ペロン　たべてたら
赤ちゃん牛が　ついてきて
「おっぱいよりも　おいしいのかなー」
よだれこぼして　「モー」

あくしゅしよう

あくしゅっていいね
ことばがつうじなくっても
手と手をにぎって　あくしゅをすれば
心と心が　かよいあう
あくしゅ　あくしゅ
　あくしゅでごあいさつ

あくしゅっていいね
ごめんねがいえなくっても

手と手をにぎって　あくしゅをすれば
ふたりのきもちが　なごんでく
あくしゅ　あくしゅ
　あくしゅでなかなおり

あくしゅっていいね
さよならがいえなくっても
手と手をにぎって　あくしゅをすれば
またねのきもちが　つたわるよ
あくしゅ　あくしゅ
　あくしゅでおわかれよ

おかしいね!

あつい雲のカーテンとじて
きょうはお日さま　おやすみだ
だれにも　みられないからと
お日さまが　パジャマのままで
うろうろしてたら
　おかしいね

くらい雲のカーテンとじて
こんやはお星さま　おやすみだ

だれにも　みられないからと
お星さまが　星座《せいざ》をくずして
トランプしてたら
おかしいね

おなかの虫

おなかの虫が　なきだした
クウー　クウー　キュー
おひるごはんまで　もうすこし
がまんしてよと
　いいきかせたけど　とまらない
クウー　ククウー
かおもしらない　おなかの虫

おなかの虫が　またないた
クウー　クウー　キュー
あのこにきかれて　はずかしい
しずかにしてと
　おなかにちからを　いれたけど
クウー　ククウー
なんびきいるの　おなかの虫

虫《むし》食《く》い葉《は》っぱ

桜《さくら》の葉っぱに
ちいさなあながぽつんと一《ひと》つ
こんなたべかたをしたのはだーれ
ほそいからだのシャクトリ虫が
どんなあじかとひと口たべて
ごちそうさまをしたのかな

桜の葉っぱに
まあるいあながあちこち五《いつ》つ

こんなたべかたをしたのはだーれ
五ひきの毛虫《けむし》があつまって
さなぎになる日がちかいので
おわかれパーティーしたのかな

桜の葉っぱに
はしから大きなC《シー》の字一つ
こんなたべかたをしたのはだーれ
ピカピカ光るコガネ虫
これから旅《たび》にでるからと
おなかいっぱいたべたのかな

おみまいのおりづる

クラスメイトが一羽《いちわ》ずつ
おってくれた
おみまいのおりづる
羽《はね》にかかれたメッセージ
みんなのやさしさ　ふくらむように
みんなのねがいが　はばたくように
つるのむねに一羽ずつ
あたたかい息《いき》を　ふきこもう

クラスメイトがひとりずつ
おってくれた
色紙《いろがみ》のおりづる
羽にかかれたなまえ
悲しくなったら　おもいだそう
淋《さみ》しくなったら　はなしかけよう
つるのうえにひとりずつ
ともだちの顔を　うかべて

こぶしの花が咲《さ》いて

こぶしの花の咲くころに
卒業《そつぎょう》のときがおとずれる
ことしも蝶《ちょう》のような花が
わかれる友のかずほど　咲いている
それぞれの道にすすむ
私《わたし》たちのように
いまにもはばたいていきそうな
白い　白い　こぶしの花

こぶしの花の咲くころに
卒業のときがおとずれる
ことしもまっ白な蝶が
わかれのときをつげて　むれている
さまざまな夢《ゆめ》をだいてすだつ
私たちのように
とびたつ羽音《はおと》がきこえそうな
白い　白い　こぶしの花

ひるまのお月さま

まんがをみながら歩いていたら
石につまずいて　ころんじゃった
だれもみてなくてよかったと思ったら
ひるまのお月さま
クスッと笑《わら》った気がしたよ

テレて小石《こいし》をけっとばしたら
スポンとくつが　とんでっちゃった
だれかいるかとあたりを見たら

ひるまのお月さま
やっぱりクスッと笑ったよ

夕やけってだいすき

夕やけって　母さんみたい
やさしくつつんでくれる
　　　　母さんみたい
けんかをしてるぼくとおにいちゃんを
おなじように赤くそめたよ
夕やけって　チャイムみたい
かえるときをしらせてくれる
　　　　チャイムみたい

あそびにむちゅうになってても
　空をそめておしえてくれるよ

夕やけって　おまじないみたい
ぼくをはげましてくれる
　　　　　　おまじないみたい
どんなにかなしいことがあっても
　あしたにむかうゆうきをくれるよ

夕やけってだいすき

コジュケイ

〃チョットコイ
　チョットコイ〃と
気やすく呼《よ》ぶのはだあれ？

ほっておけない　気になる呼び声
そっとレースのカーテンを
みにまとってのぞいてみる
いたいいた　小枝《こえだ》にコジュケイが

〃チョットコイ
　チョットコイ〃の呼び声に
おどけて
〃なあに〃とへんじをかえしてみた

ホトトギス

ことしもわすれず
ホトトギスがたちよってくれた
おむかいのヒバの木で
テッペンハゲタカ
テッペンハゲタカ

わるぎのないことはわかるけど
そこのお家はちょっとまずいよーと
気をもんでいるのに通じない

テッペンハゲタカ
テッペンハゲタカ

くやしい五目並《ごもくなら》べ

兄《あに》と五目並べ
一応《いちおう》　敬意《けいい》を表《ひょう》してわたしは黒《くろ》
先手《せんて》ではじめても
いつのまにか後手《ごて》にまわっていて
くやしい

いつも負《ま》けるからくやしい
くやしいから　また挑戦《ちょうせん》する

ときたま勝《か》つことがある
負けてやったといわれて
はたまたくやしい

勝っても　負けても
くやしい　くやしい五目並べ

ネコっていいな

ネコっていいな
ボクンチのミミ
はだしでおうちにはいるんだ
だけどママは
　ダメダメっておこらないんだモン

ネコっていいな
ボクンチのミミ
まいにちかおだけあらうんだ

郵 便 は が き

104-0061

恐れいりますが
切手をお貼りください

東京都中央区銀座1-5-13-4F

㈱ 銀の鈴社

鈴《すず》の音《ね》会員 登録係　行

「鈴の音会員」（会費無料）にご登録されますと、アート＆ブックス銀の鈴社より、会報誌「鈴の音だより」や展覧会イベントなどのご案内をお送りいたします。この葉書でご登録の方には、もれなく野の花アートの絵はがきを一葉プレゼントさせていただきます。

ふりがな	生年月日　明・大・昭・平
お名前 （男・女）	年　　月　　日
ご住所　（〒　　　　　　　　）Tel	
E-mail	

花や動物、子どもたちがすくすく育つことを願って

アート＆ブックス銀の鈴社では、ミュージアムグッズの企画・制作、出版、ヨーロッパ製子ども用品の限定輸入販売をおこなっています。

アンケートにご協力ください

◆ご購入の商品名・書名は？

◆お求めになられたきっかけは？

□お店で（店名・場所：　　　　　　　　　　　　）

□知人に勧められて　□プレゼントで　□ホームページで見て

□その他（　　　　　　　　　　　　　　　　　　）

◆ご興味のある項目に○をおつけください（資料をお送りいたします）

□ブックス（□絵本　□児童書　□一般書）

□本のオーダーメイド（自費出版）

（研究書・歌集・句集・詩集・記念誌・画集・旅行記・自分史など）

□アート（□ミュージアムグッズ　□原画展などのイベント）

□ヨーロッパ製子ども用品「TimTam」

□テーマのある旅（□海外　□国内）

□その他（　　　　　　　　　　　　　　　　）

◆その他、ご意見・ご感想をぜひお聞かせください

川端文学研究会事務局（日本学術会議登録団体）
SLBC（学校図書館ブッククラブ）加盟出版社
CBLの会（Children's Book Library）所属

★ご協力ありがとうございました

http://www.ginsuzu.com　アート＆ブックス銀の鈴社

だけどママは
　はをみがきなさいっていわないモン

ネコっていいな
ボクンチのミミ
ねこなでごえであまえるんだ
そしたらママは
　よしよしってだっこするんだモン

きくの花うらない

きくの花をほぐしてと
おてつだいをたのまれて
せっかくだから　花うらない
マークンはわたしを　すき　きらい
すき　きらい　すき　きらい・・・・・・すき
フゥー　きくの花びら　なんておおいの

きくの花びら　おおすぎて
おてつだいは　はかどらない

くたびれちゃうよ　花うらない
お母さんはわたしを　すき　きらい
すき　きらい　すき　きらい・・・・・・・・すき
マダー　お母さんの声があせっている

クスクス

クスクス　クスクス
おんなのこが
わらってるんじゃないよ
ねったいの　ジャングルにいる
はずかしがりやの　ふくろねずみさん
ひるまは　ひるまはかくれてる
クスクス

クスクス　クスクス
いたずらっこが
わらってるんじゃないよ
よるになって　きのみをたべる
まんまるおめめの　ふくろねずみさん
かわいい　かわいいなまえだね
クスクス

霜柱《しもばしら》のくらべっこ

寒《さむ》さが耳たぶ　かじるような
さむい　さむい朝には
霜柱がくらべっこしてる
ほら　ほら
ほらね　土をよいしょと
もちあげて
力くらべをしてるでしょ

寒さが鼻《はな》さき　かじるような
つめたい　つめたい朝には
霜柱がくらべっこしてる
ほら　ほら
ほらね　高いのだーれと
たちあがり
せいくらべをしてるでしょ

朝つゆ

朝つゆキラキラ
どこからきたの
いつだって　いつだって
きてからきづく
葉っぱのうえでキラキラ　キラキラ
お日さまとひみつのあいず　かわしてる

朝つゆキラキラ
みじかいいのち

さわやかに　さわやかに
かがやいている
葉っぱのうえでキラキラ　キラキラ
どんな色にもそまらない　朝の使者《つかい》

朝つゆコロコロ
どこへいくの
いつだって　いつだって
きづくといない
葉っぱのうえでコロコロ　コロコロ
たしかにいたのに　忍者《にんじゃ》のようにきえた

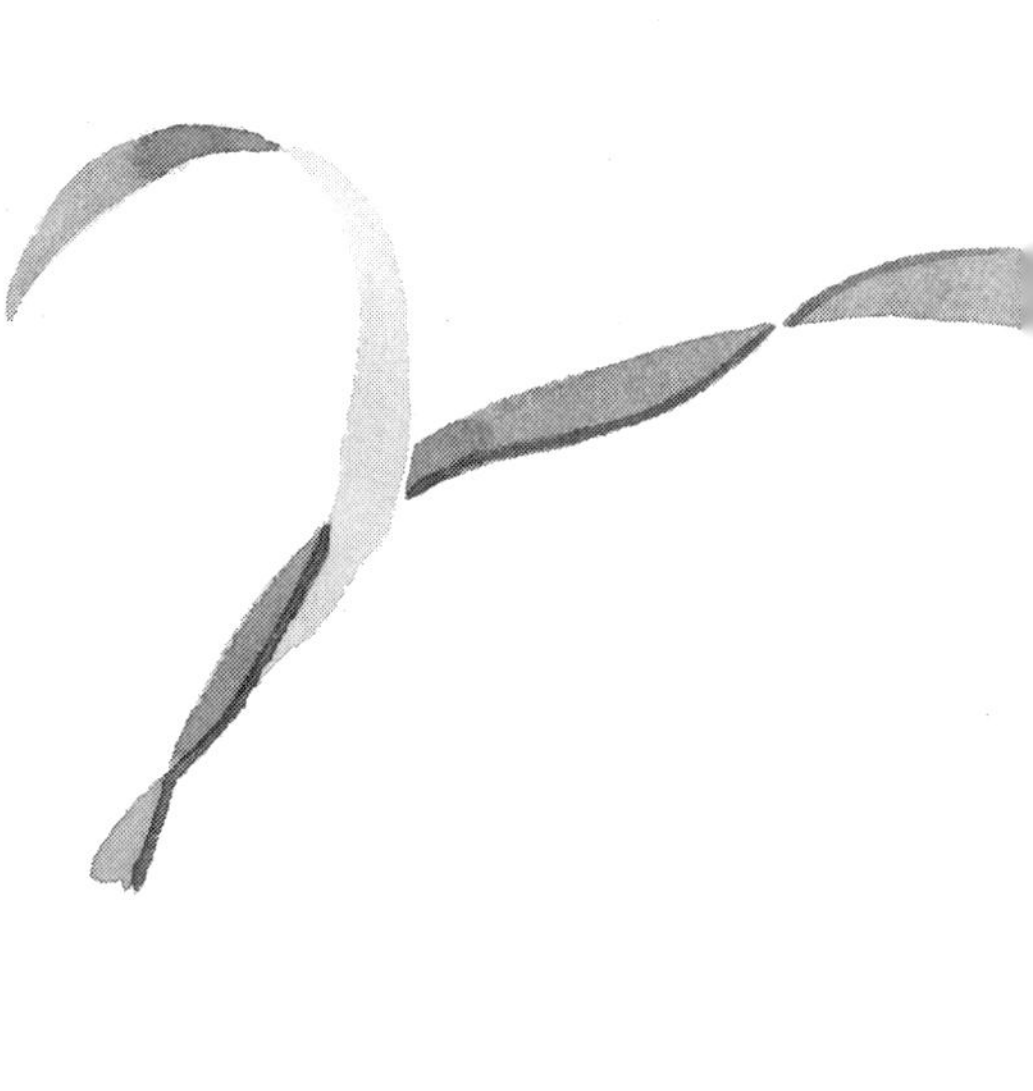

Ⅱ

星の命《いのち》

星の命《いのち》

年老《お》いた赤い星
若《わか》くてかがやく青い星
家族ぼしやきょうだいぼしもある
夜空でまたたく星たちも
ぼくらのように　生きている

こおりついたつめたい星
かわいた灼熱《しゃくねつ》の星
尾《お》をひいて旅《たび》するすい星もある

夜空できらめく星たちも
いろんな運命《うんめい》　せおってる

生まれてくる星
ばくはつして死んでゆく星
衝突《しょうとつ》するきけんな星もある
夜空は平和にみえるけど
いろんなドラマが　あるんだね

満《み》ち潮《しお》

海は潮先《しおさき》に思いを託《たく》して
さまざまな仕草《しぐさ》で岸辺《きしべ》に寄《よ》せてくる

岩のあいだをくぐりぬけたり
潮溜《しおだ》まりにはいったりでたり
無邪気《むじゃき》に遊びながら満ちてくる潮

まるでうっぷん晴《ば》らしをするように
岩に体当《たいあ》たりして苛立《いらだ》ちのしぶきを散《ち》らす潮

白いフリルをなびかせて
いそいそと岸辺に向けて急ぐ潮
海は乾《かわ》いた私《わたし》の心を　磯《いそ》を
潤《うるお》しながら満ちてくる

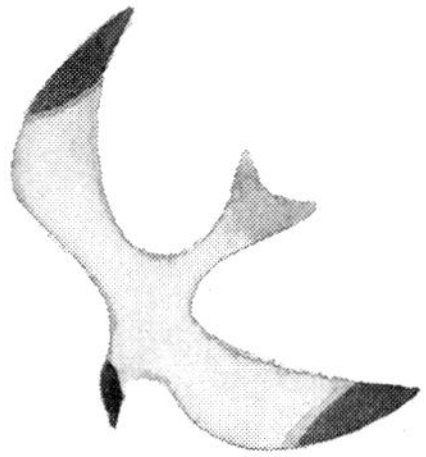

宇宙《うちゅう》の旅人《たびびと》

遠い宇宙を旅するすいせい
何千年もまい子にならず
また夜空に帰ってきたんだね
どこかで宇宙人にであったか
きいてみたいな

はるか昔《むかし》から旅するすいせい
何万キロもの尾《お》をひいて
いろんな星を見てきたんだね

恐竜《きょうりゅう》がほろびたわけを知ってたら
おしえてほしいな

すごいスピードで旅するすいせい
行くてにどんな星があっても
自分の道をつき進むんだね
だけど地球にはぶつからないと
やくそくしてよ

宇宙《うちゅう》からのメッセージ

空からおちてきた　いん石《せき》は
はるかかなたの　宇宙から
地球へとどいた　メッセージ

ながい旅《たび》をおえた　いん石は
宇宙のひみつを　ぎゅっとかため
ぼくらが　よみとくのをまっている

さわってみたら

黒くて　かたくて
重い　いん石

いっぱい星があるなかで
たった一つ　地球だけ
生命《せいめい》がたんじょうしたなぞを
知っているかもしれないね

小枝《こえだ》のつもり

まだ幼《おさな》いしゃくとり虫
見つけられたのも知らず
息《いき》を潜《ひそ》めて小枝《こえだ》のふり
近視《きんし》のわたしに見つかるなんて
演技《えんぎ》はまだまだ未熟《みじゅく》です

つんつんとなんどつついても
体勢《たいせい》をたてなおしては小枝のつもり

歩きかた

尺取虫《しゃくとりむし》が歩いてる
前足でさぐりながら　つかまり
計《はか》るように　後足《うしろあし》をひきよせる
慎重《しんちょう》に——
逸脱《いつだつ》しないように——

尺取虫はいいな
面白《おもしろ》みのない歩きかたをしていても
いつの日か翅《はね》をもって

大空を飛《と》ぶ日が
約束《やくそく》されているのだから

月見草《つきみそう》のひみつ

緑色の萼《がく》を裂《さ》き
まっ白な四枚の花びらを
蝶《ちょう》の羽化《うか》のように
ゆっくりほどいていく

ひみつめいたなりゆきを
目をこらして盗《ぬす》み見ているうちに
白くやさしげな花がひらいた

そんなようすを見透《みす》かしたように
夕闇《ゆうやみ》が忍《しの》びよってきて　甘いことばをささやいたのか
とうてい染《そ》まりそうもない白い花が
はずかしそうに紅《べに》をさしてみせる

夕闇が
漆黒《しっこく》の闇に変わるころには
白い花はもとにはもどれない紅色の花
「何のために」と尋《たず》ねても　ひみつ！

明日《あした》がない草たち

明日から工事《こうじ》がはじまる空《あ》き地で
何も知らない草たちが風にゆれている

幼《おさな》いころの友の名を呼《よ》ぶように
草の名を呼んでみた
チカラシバ　エノコログサ　オオバコ　ナズナ
ヌスビトハギ　カヤツリグサ　イノコズチ……

わたしにとって草は友と同じくらい身近《みぢか》だった
チカラシバの毛虫《けむし》で驚《おどろ》かしたいたずらっこ
学校帰り飽《あ》きずに草《くさ》ずもうを楽しんだなかよし
ヌスビトハギやセンダングサで
胸《むね》に勲章《くんしょう》をつけてくれた憧《あこが》れのこ
草にまつわる友の顔が浮《う》かんでは消えた

都会《とかい》の空き地で　今日《きょう》まで生きてきた草たちは
最後《さいご》の夕日とも知らず茜色《あかねいろ》を身にまとい
明日への身じたくをすませて――

まよなかの蟬《せみ》

熱帯夜《ねったいや》になえながら
耳なりかと耳に手をあててみるほどの
蟬の声

―照りつける太陽にも
めまいがしそうなあつさにも
ひるまずないていた蟬―

よるになったいまも

ねむるいとまを惜《お》しんで
いちずになきつづけている
まよなかの蝉の歌は
命《いのち》をけずる鉋《かんな》のようにひびく

大空がよくにあうよ

つめたい雨の朝
訪《おとず》れたちいさな命《いのち》
片羽《かたはね》と片足《かたあし》を痛《いた》めた　きじばと

抱《だ》けば
両の手に伝わる温《あたた》かさ
身を委《ゆだ》ねるいとしさ
茹《ゆで》たまごの黄身《きみ》を　手からついばむようになり
日に日に回復していった

これが信頼《しんらい》でなくて何だろう

なのに－－－－　とうとう－－－－
ある朝　希望《きぼう》に向かって翼《つばさ》を広げた
そうすることが義務《ぎむ》だというように
大空が何にも代《か》えがたい
故郷《ふるさと》だというように

朝の光の中に羽《は》ばたいた
この手に　温《ぬく》もりだけを残して―

ユズボウ

新幹線《しんかんせん》のような流線型《りゅうせんけい》をした
揚羽蝶《あげはちょう》の幼虫《ようちゅう》　ユズボウ

みかんの葉っぱをたくましく食べている
むしゃむしゃと　音が聞こえそうないきおい
蛹《さなぎ》になる日が近いから
食べためているのだろうか

兄弟たちの数が日ごとにへり

外敵《がいてき》をかいくぐりながら
生きていることが奇跡《きせき》のような　ユズボウ
触《さわ》ると赤い角《つの》や臭《にお》いを出して　本気で怒《おこ》る
明日につなぐ営《いとな》みの一生懸命《いっしょうけんめい》さは
あたり前のように目覚《めざ》め　一日を送り
生きることに麻痺《まひ》してしまっている
わたしの心を　ゆり動かす

リーフィー・シードラゴン

初めてみた　まか不思議《ふしぎ》な生き物
リーフィー・シードラゴンは
まばたきを忘《わす》れさせる

体は海藻《かいそう》そっくりで
あきれるほどみごとに　カムフラージュして
敵《てき》から身を守っている
勇《いさ》ましい名前とは裏腹《うらはら》に
武器《ぶき》をもたない　心やさしい平和主義者《へいわしゅぎしゃ》

人も
こんな生き方ができるなら
世界は平和になるだろうか

でも
生きることは悲しいことで
リーフィー・シードラゴンも
海藻のふりをして
獲物《えもの》をだまし討《う》ちにする

晩秋《ばんしゅう》のカマキリ

塀《へい》の上の枯葉色《かれはいろ》をしたカマキリと
一瞬《いっしゅん》目が合った

瞬《まばた》きもせず　瞳《ひとみ》もない大きな目と
ビーズのような不思議《ふしぎ》な目は
私《わたし》を通りこして季節《きせつ》の終わり　命《いのち》の終わり
限《かぎ》られた刻《とき》を観《み》ているのだろう

観《み》えないものに追われるように

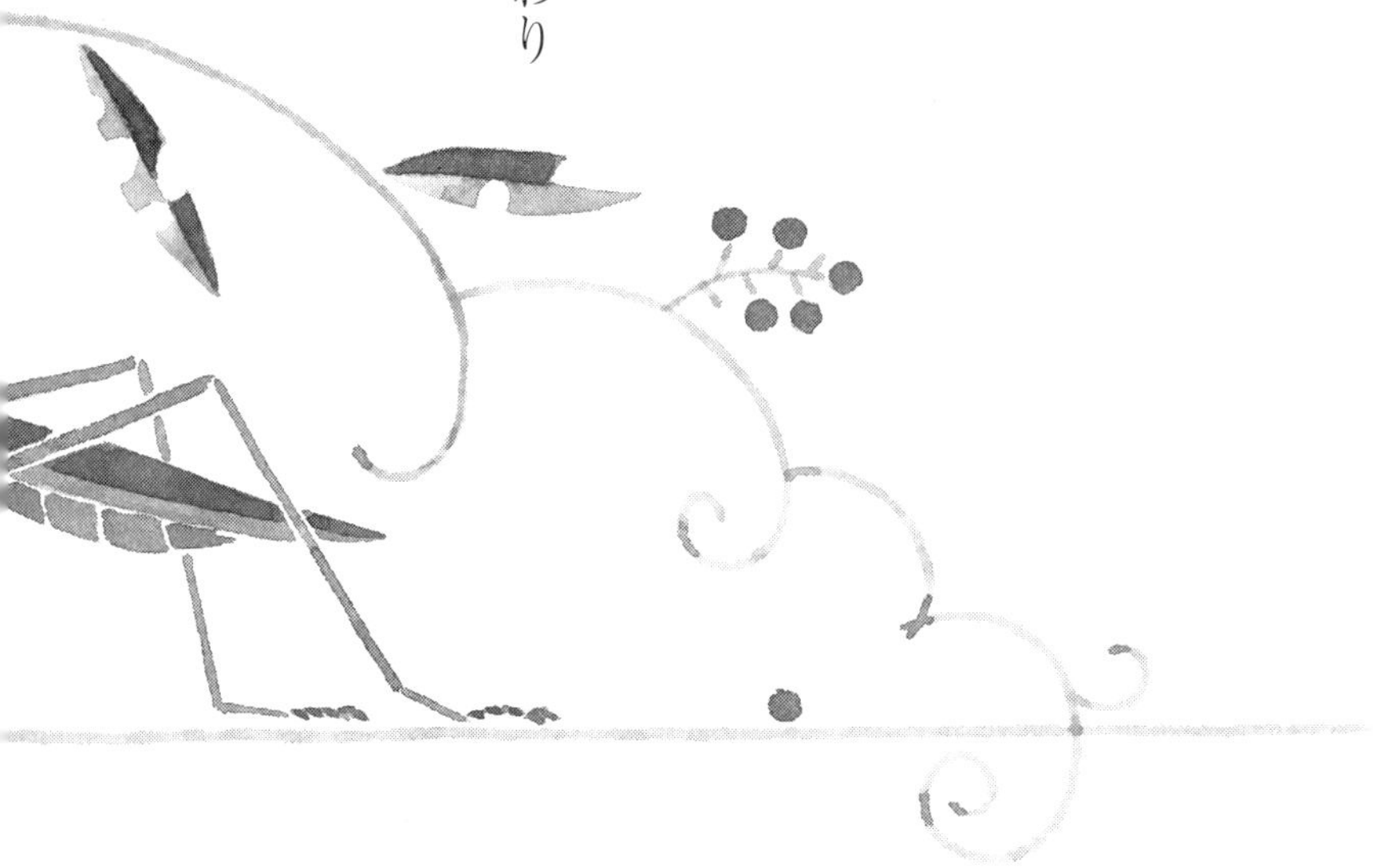

ゆらゆらと躰《からだ》を揺《ゆ》すって
草むらに向かって飛《と》んだ

たよりない羽《は》ばたきは
見つめる私の視線《しせん》も
重みにならないかと気遣《づか》われる

黄昏《たそがれ》の光が　よれた薄《うす》い羽《はね》を透《とお》り抜《ぬ》けた
たよりなげな晩秋のカマキリは
去ってゆく者のさびしさを　全身《ぜんしん》にまとっている

レントゲンが知りたいこと

胸《むね》の写真を撮《と》る
味《あじ》もそっけもない
背骨《せぼね》と肋骨《ろっこつ》のモノクロ

胸の内には
夢《ゆめ》も　悩《なや》みも　秘密《ひみつ》も
私《わたし》自身のすべてが　つまっていたはずなのに
影《かげ》も形も写《うつ》しださず　空《から》っぽ

美男《びなん》のお医者が
光を当《あ》てたり　透《す》かしたり
どんなに見つめても
恥《は》ずかしさはまったくない

レントゲンは
病《やまい》が巣食《すく》っているかどうか
事実だけを捕《つか》まえてみせる

父親v.s.息子《むすこ》

男同士《どうし》は力を試《ため》したがる
腕相撲《うでずもう》をしながら　相手《あいて》の力を図《はか》っている

父親は
息子が一日も早く自立《じりつ》して
親を越えてほしいという願《ねが》いを忘《わす》れ
息子に負けることを恐《おそ》れるように
むきになって

息子は
父親に勝ったそのときから
淋《さび》しさを味わうことに気づかないのか
勝つことだけを夢《ゆめ》にみて
一心に闘《たたか》っている

南極《なんきょく》の氷

何万年も昔《むかし》の大気《たいき》を抱《だ》いて
南極からやってきた氷

お母さんに語りかける
ごきげんな赤ちゃんのように
氷のなかの氷が語りかけてくる

ピチ　プチ　キュー
パチ　ピチ　キュー

氷の言葉はとぎれることなくつづく
きっと何万年も昔の
ふる里のお話をしてるのね

ラムネの泡《あわ》のように
はるか昔の
南極の空気をはきながら

お天道様《てんとうさま》

太陽を昔《むかし》　お天道様と呼《よ》んでいたころ
お天道様は神様と同じだった

お天道様はお見通し
お天道様に顔向けできない
お天道様のおぼしめし
こんな言葉と共に暮《く》らしていた
懐《なつ》かしい祖父母《そふぼ》のいた時代

日の出に手を合わせて祈《いの》り
夕日に一日を感謝《かんしゃ》する
慎《つつ》ましく　ゆったりとした営《いとな》みがあった

私《わたし》たちはそんな心を　忘《わす》れてしまったけれど
太陽はなにも変わらず
今も輝《かがや》いている

オカリナの音色《ねいろ》

土でつくった笛《ふえ》から生まれでて
自然の中に解《と》き放《はな》されていく
オカリナの音色
心の深みに触《ふ》れて広がる

目を閉じて聴《き》くうちに
田園風景《でんえんふうけい》が浮《う》かび　風をかんじ
旅《たび》ででであった　森や川がみえてくる

この心地《ここち》よさ
この懐《なつ》かしい感覚《かんかく》は　いったい何だろう

遠い遠い祖先《そせん》から
私《わたし》の深層《しんそう》に脈々《みゃくみゃく》と受け継《つ》いだ何かが
オカリナの音色に誘《さそ》われて
伏流水《ふくりゅうすい》のように
　滲《にじ》みでてきたのかもしれない

※伏流水……地上の流水が地下に一時潜入して流れるもの。

道しるべ

登《のぼ》り下《くだ》り
うねりながら続く　一筋《ひとすじ》の山道
分岐点《ぶんきてん》に道しるべが
ぽつんと立っている
途方《とほう》もない孤独《こどく》の時をからめ
かたむきながらも
なお　二つの方向を指《さ》し示《しめ》して―

どれほどの迷《まよ》った人が足を止め
安《あん》どの吐息《といき》をもらし
行くべき道を　定《さだ》めることができたか
重い役目を負《お》いながら
さりげない素朴《そぼく》な姿《すがた》の道しるべ

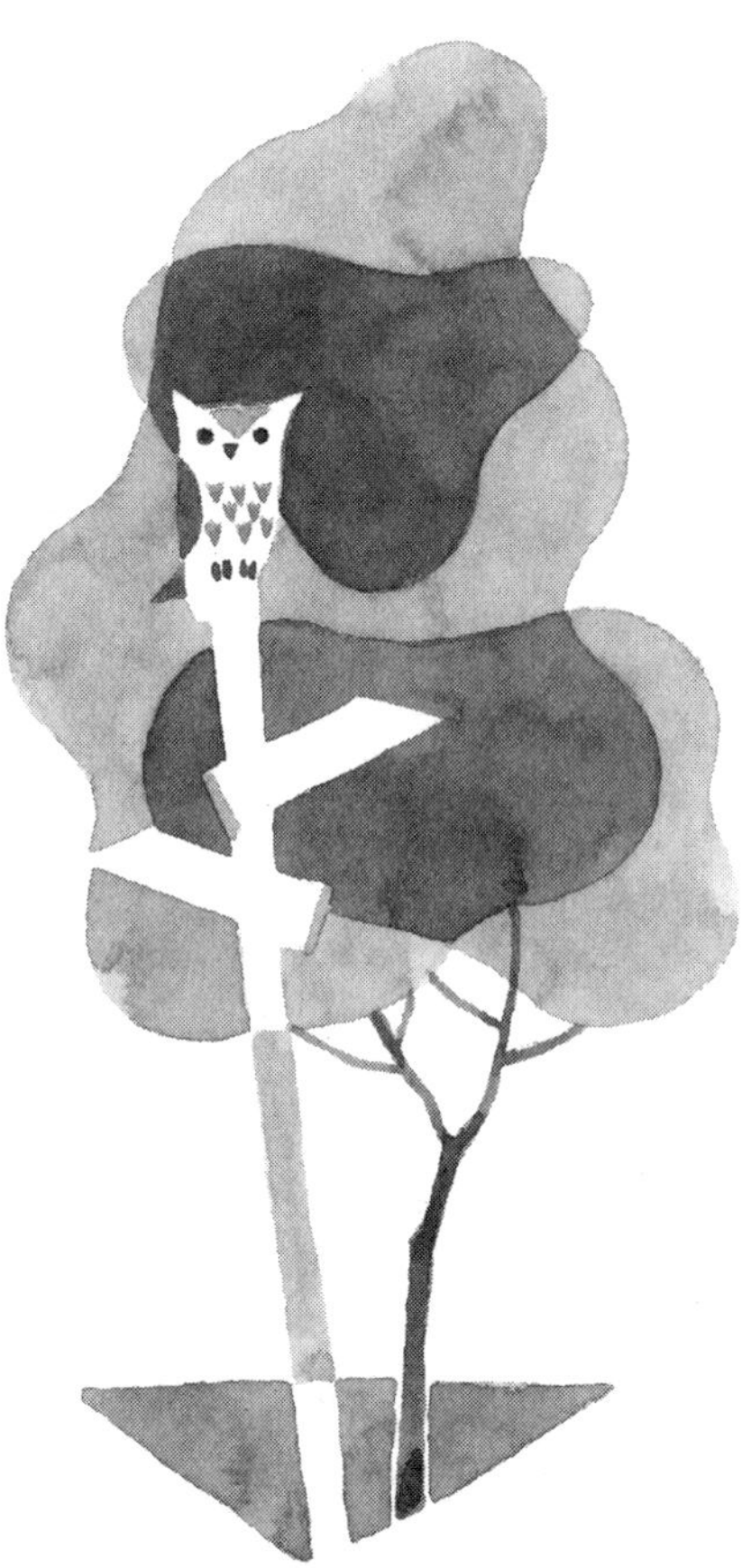

万華鏡《まんげきょう》をのぞく

小さな穴《あな》の向こうに
無限《むげん》の世界を秘《ひ》めている　万華鏡

好奇心《こうきしん》にあおられて
穴《あな》の奥《おく》をのぞけば
見える　見える
複雑《ふくざつ》な色をかもしだし
アラベスクやモザイクのような模様《もよう》を
つぎつぎと繰《く》り出す

のぞくということは
ちょっと　秘密《ひみつ》っぽくて
何かしら
後《うし》ろめたさがよぎるもの
だからよけいに　胸《むね》がときめくのだろうか

くるくるまわして　片目《かため》で追いかけながら
のぞくという行為《こうい》を
楽しんでいる

ミラーボール

裏《うら》も表《おもて》もない多面体《ためんたい》
くるくる回《まわ》りながら
明るく愛想《あいそう》を振《ふ》りまく　ミラーボール

受けとった光に
何倍もの華《はな》やかさを添《そ》えて　投げ返し
四方八方に目くばせをする

ひたすら甲斐《かい》がいしく

場《ば》を盛《も》り上げることを使命《しめい》と心得《こころえ》てー
宴《うたげ》が終われば
天井《てんじょう》にぶらさがる
疲《つか》れきったこうもりのよう
だれにも見せない　闇《やみ》の部分を抱《かか》えこんで

東京湾《とうきょうわん》クルーズ

海から陸地を振《ふ》りかえると
ニョキ　ニョキと林立《りんりつ》する高層《こうそう》ビル
その狭間《はざま》を縫《ぬ》うように走る高速道路

・・・・・
ゆりかもめが行きかい
美しい姿《すがた》のレインボーブリッジが　海をまたぐ

もう空に向かって伸《の》びるしかない大都会
両腕《りょううで》を広げたような陸地が

海を抱《かか》えこみ
みんな私のものよ　といっているような東京湾

※ゆりかもめ……現在新橋・有明間を走る新交通システム（無人運転）の電車

滅《ほろ》びないもの

色褪《いろあ》せたレコードのジャケットを見つけた
作曲者はもちろんのこと
すでに指揮者《しきしゃ》も　バイオリニストも
この世の人ではない　ＬＰ《エルピー》レコード
ＬＰ・ＳＰ《エスピー》　テープからＣＤ《シーディー》へと
時流《じりゅう》は早送りのように移《うつ》った

けれど作品は滅《ほろ》びることなく
G《ジー》線上のアリア　チゴイネルワイゼンなど
バイオリンの不朽《ふきゅう》の名曲が
空気をふるわせ
心地《ここち》よく
こころのみぞをうめていく

海辺のほいくえんによせて

宮中　雲子

社会の変化も、科学の進歩もめまぐるしい現代にあって、こどもたちの興味や関心がどこに向いているかを見極め、それを題材にしていくのは至難のわざです。

子どもたちが宇宙に興味を持ち、宇宙に関心があるとわかっても、そのようなものを題材にして作品を書くには、先ず勉強しなければなりません。勉強したからといって、作者が興味を持ち、それを書きたいという気持ちにならなければ、いい作品にはなりません。

尾崎杏子さんは、宇宙のことも、恐竜のことも、すんなりと自分の世界にしておいでなのには、いつも驚かされます。

わたしたちの仲間で作った詩集ポエム・アンソロジーでも〝宇宙からのメッセージ〟という作品で参加、それがいきなり詩集のタイトルになったことがありました。

主婦の友社の詩の通信教室〈講師・若谷和子・宮中雲子〉のころからのお付き合いで、サトウハチローにつながる抒情の世界で詩を学んできた尾崎さんが、新しいこどもの興味の方向に、しっかりと目を見据えて、新しい感覚の詩を書いておいでなのを喜ばしく思っています。

あとがき

尾崎　杏子

霧の中の手さぐりさながらに書きはじめ、夢中で書きためたものを、詩集にまとめてみました。すると、生きる喜びや悲しみを、見つめている私自身を、見つけることができました。

人も虫も鳥も動物も植物も、いろいろな思いを、かかえて生きています。地球という、たった一つの星で、同じ時間を生きています。そう思うと、まいごのようなちぎれ雲も、一しずくのつゆも、であうものは、みんないとおしく感じます。

一篇でも、だれかの心にひびく詩があればとてもうれしいです。

この詩集のために暖かい絵を描いてくださいました、ひなた山さんや、ご指導くださいましたかたがたに感謝いたします。

詩・尾崎　杏子
1943年　岡山県生まれ
1987年　主婦の友通信教育にて若谷和子・宮中雲子両氏に師事
1988年　木曜会入会
　　　　宮中雲子・宮田滋子両氏に師事
1993年　日本童謡協会入会
　　　　現在「木曜手帖」「ポエム・アンソロジー」「年刊童謡詩集こどものうた」「子どものための少年詩集」に作品を発表している

絵・ひなた山　すじゅう郎（日向山　寿十郎）

1947年、鹿児島県に生まれる。幼児期に画家の叔父と、そこに寄寓していた放浪の画家、山下清氏を通し絵画の存在を知る。

15才より洋画家に師事し、絵画の基礎を学ぶ。

後年、広告デザイン会社を経てグラフィックデザイナーとして独立。

1978年イラストレーターとして様々なジャンルの絵を手がけている。

NDC911
東京　銀の鈴社　2005
96頁 21cm（海辺のほいくえん）

ジュニアポエム　シリーズ　170　　2005年6月10日初版発行
本体1,200円＋税
海辺のほいくえん
著　　者　尾崎杏子©　ひなた山すじゅう郎・絵©
シリーズ企画　㈱教育出版センター
発行者　西野真由美
編集発行　㈱銀の鈴社 TEL 03-5524-5606　FAX 03-5524-5607
〒104-0061　東京都中央区銀座1-5-13-4F
http://www.ginsuzu.com.
E-mail book@ginsuzu.com

ISBN4−87786−170−X C8092
落丁・乱丁本はお取り替え致します
印　刷　電算印刷
製　本　渋谷文泉閣

…ジュニアポエムシリーズ…

1 鈴木敏史詩集 宮下琢郎・絵 星の美しい村 ★☆
2 小池知子詩集 高志孝子・絵 おにわいっぱいぼくのなまえ ★☆
3 鶴岡千代子詩集 武田淑子・絵 白い虹 児文芸新人賞
4 楠木しげお詩集 久保雅勇・絵 カワウソの帽子
5 津坂治男詩集 垣内美穂・絵 大きくなったら ★
6 後藤れい子詩集 山本まつ子・絵 あくたれぼうずのかぞえうた
7 北村蔦子詩集 柿本幸造・絵 あかちんらくがき
8 吉田瑞穂詩集 吉田翠・絵 しおまねきと少年 ⊠★
9 新川和江詩集 葉祥明・絵 野のまつり ★☆
10 阪田寛夫詩集 織茂恭子・絵 夕方のにおい ◈★☆○
11 高田敏子詩集 若山憲・絵 枯れ葉と星 ★☆
12 原田直友詩集 吉田翠・絵 スイッチョの歌 ★
13 小林純一詩集 久保雅勇・絵 茂作じいさん ◉★☆●
14 谷川俊太郎詩集 長新太・絵 地球へのピクニック ★
15 与田準一詩集 深沢省三・深沢紅子・絵 ゆめみることば ★

16 岸田衿子詩集 中谷千代子・絵 だれもいそがない村
17 江間章子詩集 榊原直美・絵 水と風 ◇
18 原田直友詩集 小野まり・絵 虹—村の風景— ★
19 福田正夫詩集 福田達夫・絵 星の輝く海 ★☆
20 草野心平詩集 長野ヒデ子・絵 げんげと蛙 ★☆○◇
21 宮田滋子詩集 青木まさる・絵 手紙のおうち ☆○
22 久保田昭三詩集 斎藤彬子・絵 のはらでさきたい
23 鶴岡千代子詩集 加倉井和夫・武田淑子・絵 白いクジャク ★●
24 尾上尚子詩集 まど・みちお・絵 そらいろのビー玉 ★☆ 児文協新人賞
25 水上紅詩集 深沢紅子・絵 私のすばる ☆
26 野呂昶詩集 福島一二三・絵 おとのかだん ★
27 こやま峰子詩集 武田淑子・絵 さんかくじょうぎ ☆
28 青戸かいち詩集 駒宮録郎・絵 ぞうの子だって
29 まきたかし詩集 福田達夫・絵 いつか君の花咲くとき ★☆♡
30 薩摩忠詩集 駒宮録郎・絵 まっかな秋 ★☆♡

31 新川和江詩集 福島一二三・絵 ヤァ!ヤナギの木 ★☆○♡
32 井上靖詩集 駒宮録郎・絵 シリア沙漠の少年 ★☆♡
33 古村徹三詩集 古村徹三・絵 笑いの神さま
34 江上波夫詩集 青空風太郎・絵 ミスター人類 ○☆
35 秋原秀夫詩集 鈴木義治・絵 風の記憶 ★
36 水村三千夫詩集 武田淑子・絵 鳩を飛ばす
37 久冨純江詩集 渡辺安芸夫・絵 風車 クッキングポエム
38 日野生三詩集 吉野晃希男・絵 雲のスフィンクス ★
39 佐藤雅子詩集 佐藤太清・広瀬きよみ・絵 五月の風 ★
40 小黒恵子詩集 武田淑子・絵 モンキーパズル ★
41 木村信子詩集 山本典子・絵 でていった
42 中野栄子詩集 吉田翠・絵 風のうた ☆
43 宮田滋子詩集 牧村慶子・絵 絵をかく夕日 ★
44 大久保テイ子詩集 渡辺安芸夫・絵 はたけの詩 ★☆
45 秋原秀夫詩集 赤星亮衛・絵 ちいさなともだち ♥

☆日本図書館協会選定
★全国学校図書館協議会選定
□少年詩賞 ■茨城県すいせん図書
○厚生省中央児童福祉審議会すいせん図書
●日本童謡賞 ♧岡山県選定図書
♡日本子どもの本研究会選定
♥秋田県選定図書
♣愛媛県教育会すいせん図書
◇岩手県選定図書
◆京都府選定図書
⊠芸術選奨文部大臣賞
◉赤い鳥文学賞 ◈赤い靴賞

…ジュニアポエムシリーズ…

46 日友靖子詩集 藤城清治・安西明美・絵 猫曜日だから ◆☆
47 秋葉てる代詩集 武田淑子・絵 ハープムーンの夜に ♡
48 こやま峰子詩集 山本省三・絵 はじめのいーっぽ ★♡
49 黒柳啓子詩集 金子滋・絵 砂かけ狐 ♡
50 三枝ますみ詩集 武田淑子・絵 ピカソの絵 ☆♡●
51 夢虹二詩集 武田淑子・絵 とんぼの中にぼくがいる ♡○♥
52 はたちよしこ詩集 まど・みちお・絵 レモンの車輪 □✧
53 大岡信詩集 葉祥明・絵 朝の頌歌 ★☆♡♥
54 吉田瑞穂詩集 吉田翠・絵 オホーツク海の月 ★☆♡
55 さとう恭子詩集 村上保・絵 銀のしぶき ★☆♡
56 星乃ミミナ詩集 葉祥明・絵 星空の旅人 ★☆♡
57 葉祥明詩集 葉祥明・絵 ありがとう そよ風 ★♡
58 青戸かいち詩集 初山滋・絵 双葉と風
59 小野ルミ詩集 和田誠・絵 ゆきふるるん ★☆●♡
60 なぐもはるき詩集 なぐもはるき・絵 たったひとりの読者 ★♡✧

61 小関秀夫詩集 小倉玲子・絵 風《かざ》栞《しおり》 ★♡♥
62 海沼松世詩集 守下さおり・絵 かげろうのなか ☆♡
63 山本龍生詩集 小倉玲子・絵 春行き一番列車 ♡
64 小泉周二詩集 深沢省三・絵 こもりうた ★☆♡
65 かわてせいぞう詩集 若山憲・絵 野原のなかで ♡★♥
66 えぐちまき詩集 赤星亮衛・絵 ぞうのかばん ♡◆♥
67 池田あきつ詩集 小倉玲子・絵 天気雨 ♡
68 藤井則行詩集 君島美知子・絵 友へ ♡♤
69 藤哲生詩集 武田淑子・絵 秋いっぱい ★♠
70 日友靖子詩集 深沢紅子・絵 花天使を見ましたか ★
71 吉田瑞穂詩集 吉田翠・絵 はるおのかきの木 ★
72 小島禄琅詩集 中村陽子・絵 海を越えた蝶 ☆★♥♡
73 にしおまさこ詩集 杉田幸子・絵 あひるの子 ★
74 山下竹二詩集 徳田徳志芸・絵 レモンの木 ★
75 高崎乃理子詩集 奥山英俊・絵 おかあさんの庭 ★♡

76 檜きみこ詩集 広瀬弦・絵 しっぽいっぽん ★●□☆♡
77 たかはしけいこ詩集 高田三郎・絵 おかあさんのにおい ♡♣□
78 星乃ミミナ詩集 深澤邦朗・絵 花かんむり ♥☆♡
79 佐藤照雄詩集 津波信久・絵 沖縄 風と少年 ☆♡★
80 相馬梅子詩集 やなせたかし・絵 真珠のように ♥★
81 小島禄琅詩集 深沢紅子・絵 地球がすきだ ★
82 鈴木美智子詩集 黒澤梧郎・絵 龍のとぶ村 ◇★♥
83 いがらしれいこ詩集 高田三郎・絵 小さなてのひら ☆
84 宮入黎子詩集 小倉玲子・絵 春のトランペット ☆★
85 下田喜久美詩集 方振寧・絵 ルビーの空気をすいました ☆
86 野呂昶詩集 方振寧・絵 銀の矢ふれふれ ★
87 ちよはらまちこ詩集 ちよはらまちこ・絵 パリパリサラダ ★
88 秋原秀夫詩集 徳田徳志芸・絵 地球のうた ☆★
89 中島あやこ詩集 井上緑・絵 もうひとつの部屋 ★
90 藤川こうのすけ詩集 葉祥明・絵 こころインデックス ☆

✽サトウハチロー賞
◌三木露風賞
♤福井県すいせん図書
✣毎日童謡賞
♠奈良県教育研究会すいせん図書
✧北海道選定図書 ☸三越左千夫少年詩賞
⊕静岡県すいせん図書
◎学校図書館ブッククラブ選定図書

…ジュニアポエムシリーズ…

91 新井 和・詩集／高田 三郎・絵 おばあちゃんの手紙 ☆★
92 はなわたえこ・詩集／えばとかつこ・絵 みずたまりのへんじ ★●
93 柏木恵美子・詩集／武田 淑子・絵 花のなかの先生 ☆
94 中原千津子・詩集／寺内 直美・絵 鳩への手紙 ★
95 高瀬美代子・詩集／小倉 玲子・絵 仲なおり ★
96 杉本深由起・詩集／若山 憲・絵 トマトのきぶん ☆★ 児文芸新人賞
97 宍倉さとし・詩集／守下さおり・絵 海は青いとはかぎらない ♧
98 石井 英行・詩集／有賀 忍・絵 おじいちゃんの友だち ■
99 なかのひろ・詩集／アサト・シェラ・絵 とうさんのラブレター ☆★
100 小松 静江・詩集／藤川 秀之・絵 古自転車のバットマン
101 石原 一輝・詩集／加藤 真夢・絵 空になりたい ☆✤★
102 小泉 周二・詩集／西 真里子・絵 誕生日の朝 ☆■★
103 くすのきしげのり童謡／わたなべあきお・絵 いちにのさんかんび ☆★
104 成本 和子・詩集／小倉 玲子・絵 生まれておいで ☆★✤♡♧
105 伊藤 政弘・詩集／小倉 玲子・絵 心のかたちをした化石 ★

106 川崎 洋子・詩集／井戸 妙子・絵 ハンカチの木 □★☆
107 柘植 愛子・詩集／油野 誠一・絵 はずかしがりやのコジュケイ ✤
108 新谷智恵子・詩集／葉 祥明・絵 風をください ☆◇○●♡✣
109 金親 尚子・詩集／牧 進・絵 あたたかな大地 ☆
110 黒柳 啓子・詩集／吉田 翠・絵 父ちゃんの足音 ☆★♡□
111 富田 栄子・詩集／油野 誠一・絵 にんじん笛 ♡☆
112 原 国子・詩集／高畠 純・絵 ゆうべのうちに ☆
113 宇部 京子・詩集／スズキコージ・絵 よいお天気の日に ○□●☆◇★
114 武鹿 悦子・詩集／牧野 鈴子・絵 お花見 ☆□
115 山本なおこ・詩集／梅田 俊作・絵 さりさりと雪の降る日 ☆★
116 小林比呂古・詩集／おおた慶文・絵 ねこのみち ☆
117 後藤れい子・詩集／渡辺あきお・絵 どろんこアイスクリーム ☆
118 重清 良吉・詩集／高田 三郎・絵 草の上 ☆□❀◆★
119 宮中 雲子・詩集／西 真里子・絵 どんな音がするでしょか ✲★
120 前山 敬子・詩集／若山 憲・絵 のんびりくらげ ☆★

121 川端 律子・詩集／若山 憲・絵 地球の星の上で ♡
122 たかはしけいこ・詩集／織茂 恭子・絵 とうちゃん ♡❀♣★
123 宮田 滋子・詩集／深澤 邦朗・絵 星の家族 ☆●
124 国沢たまき・詩集／唐沢 静・絵 新しい空がある
125 池田あきつ・詩集／小倉 玲子・絵 かえるの国 ★
126 黒田 恵子・詩集／倉島千賀子・絵 ボクのすきなおばあちゃん ☆★♡
127 垣内 磯子・詩集／宮崎 照代・絵 よなかのしまうまバス ☆♡★
128 小泉 周二・詩集／佐藤 平八・絵 太陽へ ❀★●☆♡
129 中島 和子・詩集／秋里 信子・絵 青い地球としゃぼんだま ☆★
130 のろさかん・詩集／福島一二三・絵 天のたて琴 ☆
131 加藤 丈夫・詩集／葉 祥明・絵 ただ今 受信中 ☆★
132 北原 悠子・詩集／深沢 紅子・絵 あなたがいるから ♡
133 池田もと子・詩集／小倉 玲子・絵 おんぷになって ♡
134 鈴木 初江・詩集／吉田 翠・絵 はねだしの百合 ★
135 垣内 磯子・詩集／今井 俊・絵 かなしいときには ★

ジュニアポエムシリーズは、子どもにもわかる言葉で真実の世界をうたう個人詩集のシリーズです。

本シリーズからは、毎回多くの作品が教科書等の掲載詩に選ばれており、1975年以来、全国の小・中学校の図書館や公共図書館等で、長く、広く、読み継がれています。

心を育むポエムの世界。

一人でも多くの子どもや大人に豊かなポエムの世界が届くよう、ジュニアポエムシリーズはこれからも小さな灯をともし続けて参ります。

136 秋葉てる代詩集 やなせたかし・絵 おかしのすきな魔法使い ❁●★
137 青戸かいち詩集 永田萠・絵 小さなさようなら ❁★
138 柏木恵美子詩集 高田三郎・絵 雨のシロホン ♡★
139 藤井則行詩集 阿見みどり・絵 春だから ♡★◎
140 黒田勲子詩集 山中冬二・絵 いのちのみちを
141 南郷芳明詩集 的場豊子・絵 花時計
142 やなせたかし詩集 やなせたかし・絵 生きているってふしぎだな
143 内田麟太郎詩集 斎藤隆夫・絵 うみがわらっている
144 しまざきふみ詩集 島崎奈緒・絵 こねこのゆめ ♡
145 糸永えつこ詩集 武井武雄・絵 ふしぎの部屋から ♡
146 石坂きみこ詩集 鈴木英二・絵 風の中へ ♡
147 坂本のこ詩集 坂本こう・絵 ぼくの居場所 ♡
148 島村木綿子詩集 島村木綿子・絵 森のたまご ❁
149 楠木しげお詩集 わたせせいぞう・絵 まみちゃんのネコ ★
150 牛尾良子詩集 上矢津・絵 おかあさんの気持ち

151 三越左千夫詩集 阿見みどり・絵 せかいでいちばん大きなかがみ ★
152 水村三千夫詩集 高見八重子・絵 月と子ねずみ
153 川越文子詩集 横松桃子・絵 ぼくの一歩ふしぎだね ★
154 すずきゆかり詩集 葉祥明・絵 まっすぐ空へ
155 西田純詩集 葉祥明・絵 木の声水の声
156 清野倭文子詩集 水科舞・絵 ちいさな秘《ひ》密《みつ》
157 川奈静詩集 直江みちる・絵 浜ひるがおはパラボラアンテナ ★◎
158 若木良水詩集 西真里子・絵 光と風の中で
159 牧陽子詩集 渡辺あきお・絵 ねこの詩 ★◎
160 宮田滋子詩集 阿見みどり・絵 愛一輪 ★◎
161 井上灯美子詩集 唐沢静・絵 ことばのくさり ☆●
162 滝波万理子詩集 滝波裕子・絵 みんな王《おう》様《さま》 ★●
163 冨岡みち詩集 関口コオ・絵 かぞえられへんせんぞさん ★
164 垣内磯子詩集 辻恵子・切り絵 緑色のライオン ★◎
165 すぎもとれいこ詩集 平井辰夫・絵 ちょっといいことあったとき ★

166 岡田喜代子詩集 おぐらひろかず・絵 千年の音 ★☆◎
167 川奈静詩集 直江みちる・絵 ひもの屋さんの空 ☆◎
168 鶴岡千代子詩集 武田淑子・絵 白い花火 ★☆
169 井上灯美子詩集 唐沢静・絵 ちいさい空をノックノック
170 尾崎杏子詩集 ひなた山すじゅう郎・絵 海辺のほいくえん
171 柘植愛子詩集 やなせたかし・絵 たんぽぽ線路
172 小林比呂古詩集 うめざわのりお・絵 横須賀スケッチ
173 林佐知子詩集 串田敦子・絵 きょうという日
174 後藤基宗子詩集 岡澤由紀子・絵 風とあくしゅ